SV

Angela Krauß

Milliarden neuer Sterne

Suhrkamp Verlag

Erste Auflage 1999

Druck: Nomos Verlagsgesellschaft, Baden Baden
Printed in Germany

1 2 3 4 5 6 – 04 03 02 01 00 99

Milliarden neuer Sterne

In der Nacht des ersten Dezember betrat ich New York, die Stadt, von der ich mir jahrzehntelang Vorstellungen gemacht hatte, eine komplette Architektur, aufs sorgfältigste, liebevollste arrangiert. Sie zerfiel zu Nichts.

Es war nur Sekundenbruchteilsache, das Gehirn hat sein eigenes Zeitmaß, das so unbegreiflich ist, wie die Entdeckung, die Münchner Astrophysiker wenige Stunden vor meiner Abreise machten, als sie ihr Teleskop auf einen vollkommen leeren Ausschnitt des Himmels richteten: Milliarden neuer Sterne!

Ich tat das Nächstliegende, suchte meine Unterkunft auf und stellte das Gepäck in der Zimmermitte ab. Vom Broadway herauf heulten und sangen die Alarmanlagen der frisch aufgebrochenen Autos, unter der Zimmerdecke schwebte ein fernes, fauchendes Geräusch wie aus einem Generatorenraum. Es war tiefe Nacht, es scharrte und kratzte leise in den Schubfächern der Regale. Noch im Mantel fing ich an, sie aufzuziehen, tiefe Schubkästen, die die Wäsche wechselnder fremder Leute gefüllt hatte. Ganz unten in den Schubkästengründen, im vollständig Lichtlosen, rollten kleine weiße Gegenstände hin und her. Von ihren Besitzern verlassen, von ihren Benutzern vergessen, brachten sie im Dunkeln ihre Tage herum, um plötzlich wiederentdeckt und in Dienst gestellt zu werden: weiße Körperchen verschiedener Größe und Form.

Mir fiel das Wort nicht ein, ich fühlte jedoch ihre Bestimmung. Weil sie beides hatten, begriff ich instink-

tiv ihre Bedeutung, männlich und weiblich in einem Körper, einem handlichen Plastikkorpus, zugleich fest und fragil. Dann wurde ich wegen der Einmaligkeit unter den kleinen Dingen, die mir begegnet sind, immer sicherer, daß sie mit A beginnen. Es handelte sich um Androgyne. Die Natur bringt sie hervor, selten, aber doch.
Allerdings nicht mit Geschlechtswerkzeugen aus Aluminium, das ist die Adaption der Technik. So kam ich auf ihren gebräuchlichen Namen: Adapter. Ich schaute noch in zwei andere Schubkästen, in die Nachtschränkchen, in die Küchenfächer.
Überall kleine weiße Adapter!

Plötzlich hatte ich dringend hierhergewollt.
Es war über Nacht gekommen. Jahrelang war ich mit Vorstellungen zufrieden gewesen. Es ist ganz natürlich, das Leben mit Vorstellungen so auszustaffieren, daß es sich vor den eigenen Ansprüchen sehen lassen kann.
Ich habe New York in Neu Kynitzsch nie wirklich vermißt.
Über Nacht änderte sich das. Eines Morgens, es war am ersten Oktober, wachte ich auf und vermißte New York.
Der erste Oktober ist der Geburtstag meiner Mutter. Sie hatte die Familie zu Kaffee und Kuchen eingeladen; in Abständen riefen ihre Freundinnen an, und sie verabredete sich mit jeder von ihnen an einem anderen Nachmittag. Das tat sie, um der Verschiedenartigkeit ihrer Freundinnen gerecht werden und diese Verschie-

denartigkeit genießen zu können. Jedesmal, wenn sie sich vom Telefon uns wieder zuwandte, war ein bißchen zu sehen, daß sie das für die beglückendste Art hielt, Freundschaften zu pflegen, daß sie aber auch traditionell familiäre Formen zu schätzen wußte, mit denen zweimal im Jahr zu rechnen war.
Ich sah meine Mutter angeregt zum Telefon eilen, mit ihrer melodiösen Stimme sprechen und befriedigt wieder zu uns an den Tisch zurückkehren, ich verfolgte, wie sie sorgfältig und ohne zu zögern, ihr Leben entwarf und uns davon ausschloß, wodurch sie uns die Möglichkeit schenkte zu glauben, es sei unendlich.
Und die ganze Zeit fühlte ich, wie es stärker und stärker wurde: Ich vermißte New York.

Während der nächsten Tage wuchs das Gefühl ununterbrochen. Ich beobachtete es, um auszuschließen, daß es sich um die Folge zu fleischlicher Kost handelte, die bekanntlich das Liebesverlangen anregt. Ich brachte das instinktiv in einen Zusammenhang mit dem Verlangen nach New York.
Ich malte mir nichts Konkretes aus, ich sah mich nicht den Broadway entlangspazieren, von dem ich lang gehegte Vorstellungen hatte. Mein Verlangen nach New York war elementar, so daß es nicht nur Überlegungen, sondern auch meine Phantasie auslöschte. Es war die Essenz des Verlangens: Es war abstrakt.
Ende Oktober fiel mir auf, wie ich mit praktischen Vorbereitungen begann. Etwas in mir wußte, daß keine Zeit zu verlieren war. Der Mensch erkennt Morgen und Abend, Tag und Nacht, auch wenn er lange

nur im Dunkeln lebt, oder nur im Hellen. Er weiß, ob er sich gerade auf der Sonnen- oder auf der Schattenseite der Erdkugel befindet und wann mit dem Wechsel des gegenwärtigen Zustandes zu rechnen ist.
Dieser Mensch in mir war es, der mich handeln ließ. Er hatte das Datum längst erkannt, eher als ich. Er fühlte es herannahen, als sei er uralt und mit dem Wechsel von Millenien vertraut. Ich merkte es an meiner Seele, sie konzentrierte sich auf eine einzige Stelle, wie der Skispringer eine Minute vor dem Start auf den Schanzentisch.
New York!

Es lag wie ein Perlenteppich in der Dunkelheit, ein längliches, funkelndes Glasperlenornament, dem ein Mädchen der Gründerzeit seine einsamen bräutlichen Abende gewidmet hatte, inbrünstig an seinen Träumen stickend.
So aus dreitausend Fuß Höhe.
Es sind offenbar noch ausreichend Herrlichkeiten vorrätig weltweit. Sie liegen da, rühren sich nicht vom Fleck und warten auf dich.
Ich hatte mich dann in meiner Unterkunft vorsichtig schlafen gelegt; zu früh, sich für Nachbarn zu interessieren. Sie bewegten sich gut sichtbar hinter den großen Fensterscheiben der anderen Straßenseite. Als hätten sie sich für mich aufgehoben.
Wie lange habe auch ich auf Sie gewartet, Sie da drüben!
Das Entscheidende hebt man sich für zuletzt auf.
Den ersten, der dir begegnet, wirst du zum Manne

nehmen! dachte ich, denn ich dachte an meine Mutter und wie sie mir einst am Abend Märchen vorlas. Ich erinnerte mich, wie ich die Nächte der Kindheit damit zubrachte, mein Leben des jeweils nächsten Tages zu erfinden, in dem sich das Märchen auf zauberische Art versteckt halten würde. Den Abenden mit Märchen folgten heimliche und unvergeßliche Inszenierungen von Tagen, und den Abenden, an denen meine Mutter zum Vorlesen zu müde war, folgten junge, helle Tage ohne Spiegelbild.
Gestern abend im Bett, das war die vertraute Erregung, Erwartung. Ich habe sie wiedererkannt. Die Dunkelheit der Stadt, Tausende von Lichtern, Lichtraster der erleuchteten Fenster, Lichtrasterflächen von Downtown, Wallstreet usw. Warum brennen die Lichter, arbeitet man noch?
Oder wegen der Erregung, Erwartung?
Zu dieser Vermutung tendiere ich eher. Genauso sieht es in mir aus, solche Zustände herrschen da drinnen: bis über die Toppen geflaggt!
Die Erwartung wirft sich allem entgegen, was vorn liegt, kurz: Jugend auf der ganzen Linie.
Schließlich war ich doch eingeschlafen, von kleinen, weißen, schlummernden Adaptern umgeben.
Gleich nach dem Aufwachen brachte ich sie in Startposition, in jede Steckdose, auch die schwer zugänglichen, durch Möbel verstellten, steckte ich ein Exemplar dieser Spezies.
So zugerüstet stand ich vor der Zukunft.

Change the game. Das konnte ich gestern um Mitternacht freilich nicht erkennen. Jetzt hält die Morgensonne voll auf die Giebelwand, lesbar aus Bodenperspektive und Himmelssicht. Für mich im 33. Stockwerk ist das hingeschrieben? Diese Direktheit, und ich noch im Nachtgewand. *Change the game.* Deshalb bin ich hergekommen. Deshalb habe ich hergewollt. Deshalb wollen sie alle her. Aber wir müssen uns beeilen!
Ich muß mich beruhigen. Es kann ja nichts mehr dazwischenkommen.
In NKY konnte jeden Augenblick etwas eintreten. Meistens handelte es sich um Vergangenheit. Es ist, als würfe jemand eine Handvoll Steine in die Speichen. Man muß das Rad anhalten. Absteigen. Die Ursache des Zwischenfalls suchen. Das Weltbild korrigieren. Nachdenkliche Fortsetzung der Fahrt. Das ist die alte Welt. Nichts wie weg!
Vorhin plötzlich Bewegung schräg unten gegenüber. Der erste leibhaftige Nachbar! Er sprang aus einer Luke heraus auf das Dach. Ich machte einen Handstand. So gesehen, rannte der Nachbar kopfüber am Himmel entlang, wo er der Höhe dieses Hauses nach auch hingehörte, ellipsenförmig in Eile. Eine gewisse Zeit war ich in der Lage, ihm kopfstehend zu folgen, wenigstens geistig. Das wäre mir in herkömmlicher Stellung spontan schwergefallen.
Nachher überraschend lauter Luft draußen auf der Straße, nichts als Luft, die sich durch einen durchstürzt, ein Blick nach oben: ebenfalls Luft in kompakten, durchsichtigen Ballen, Luft, Luft, die hochgestimmt an Steintürmen flattert.

Ich ließ mich vom Luftschwung fortwehen, kleine kopierte Pläne in den Taschen, die ich vorbereitet hatte, als alles noch Theorie war.
Kurz der Gedanke, die Fremde vor mir könnte irgendwann schwinden, es könnte einmal alles bekannt sein vorn, nichts Unbekanntes mehr, das heißt, keine Zukunft.
Ich meine: Tod auf der ganzen Linie.
Zum Glück aber zwischen Monroestreet und Confucius Plaza bereits verirrt.

Das Rennen hat womöglich schon angefangen, als ich noch im Schlaf lag. Ich träumte noch von meiner Mutter, die wie immer jung war und einen weiten, duftenden Rock trug; ich habe noch nie von meiner alten Mutter geträumt.
Als ich von der Margeritenwiese auf dem Rock meiner jungen Mutter träumte, waren sie längst aus der Luke auf das Dach unter meinem Fenster gesprungen, hatten die Muskulatur gedehnt, die Kopfhörer aufgesetzt, den Walkman an den Gürtel gesteckt, die Handschuhe angezogen und waren losgelaufen.
Einer warf die Fußspitzen auf dem Ausschlaggipfel noch kurz nach außen. Als habe er dort kleine Propeller befestigt, so flirrten seine Füße locker an den Gelenken, während er die Läuferin mit der Kniebandage schon zum zweiten Mal überrundete; sie scherte die Beine kaum aus, sie schien mit jedem Schritt zu geizen, aber sie lief demonstrativ gegen ihr eigenes Mißtrauen an, als eine Person von gewaltigem Umfang aus der Luke kletterte und sich, von der eigenen Fülle ge-

bremst, zur Außenbahn hinarbeitete, indem sie ihre Masse nacheinander rechts und links nach vorne riß, diesem Drall sofort mit Armen und Schultern gegensteuerte, was sie, auf der Außenbahn angelangt, mit einer kaum sichtbaren Beschleunigung in unerschütterlichem Rhythmus einfach fortsetzte; das verlieh dem Mann mit Bauch und gequältem Gesicht im Vergleich ein gewisses Tempo, bald schon jedoch stellte er das eine, dann das andere Bein zum Dehnen an das Geländer, ächzend und desinteressiert am Abgrund von 32 Stockwerken unter der Ferse des gestreckten Beins. Ein Folgender stürzte sich mit jedem Schritt in Richtung Boden, als wollte er seinen Fuß in die Erde rammen, um dort zu wurzeln, er brauchte jedesmal viel Kraft, sich wieder zu entreißen. Der nächste riß die Knie an die Brust, als wollte er nicht vorwärts, sondern himmelwärts kommen, wo ich im Traum von meiner Mutter lag, die jung war und still lächelnd auf einer Wiese stand in ihrem weiten Rock voller Margeriten.

Das Rennen nahm Richtung Downtown derartig zu, daß ich meine Gedanken bremsen mußte, um nicht unscharfe Konturen zu sehen. Auch viele Hunde gingen übrigens umher, vom Rennen angesteckt, nie gegen die Hauptrichtung des Verkehrs, stets einverstanden mit der vorgefundenen Tendenz. Wer kein Ziel hat, könnte ihnen nachgehen, gleich hätte er eins, zum Beispiel ich: auffällig ziellos. Das fällt hier auf.
In NKY das Gegenteil, rundum Neid auf den, der was vorhat. Auch Hunde ohne erkennbares Ziel, Streuner.

Schon wie sie den Hals drehen, um dem Blick eine andere Richtung zu geben: ohne Erwartung.
Sieht keiner das Datum?
Ist niemand neugierig?
Dieses Vorwärtswollen hier geschieht den Leuten offenbar von selbst, sobald sie aus dem Schlaf erwachen.
Wie habe ich mich deswegen allmorgendlich aufrufen müssen. Ganz NKY ist schon früh von stillen Selbstanrufungen erfüllt, von argwöhnischen Selbstverhören und verschämten Gebeten.
Hier dagegen werfen sie einfach die Beine morgens in hohem Bogen in die Welt, um loszulaufen. Was haben sie nachts getan? Haben sie Gründe gesammelt, die dieses Vorwärtsstürmen auszulösen imstande sind? Welche wären das? Ich hätte es gern gewußt. Wenn möglich bald.
Ich muß solche Gedanken im Gehen eindämmen; sie machen schwindlig.
Entweder rennen in der Menge und die Gedanken bei einem ruhigen Gegenstand verweilen lassen oder stehenbleiben, zwangsläufig ein Hindernis bilden und die Gedanken schießen lassen. Andernfalls stellen sich Gleichgewichtsstörungen ein. Ich habe es heute mittag bemerkt, als ich gehen wollte und zugleich denken; meine Gier war zu groß. Ich fand mich taumelnd wieder in der West Canal Street, abgedriftet.
Gehört hat man, daß die Maße dieser Stadt das gemessene Seelenleben mehrfach überspringen; auch die Maße der häßlichen Form? In kleinen Formaten ist industrielle Verwahrlosung vertrauter. In so riesigen

Abmessungen ein Angriff auf das Nervensystem, das sich seine eigene Raumordnung geschaffen hat. Ich will mich ins Schöne verirren! Ich verlange Glück! Ein Anspruchsdenken, das mich stets erfinderisch gemacht hat: In NKY war immer auch viel Schönes zu entdecken. Aber genauer befragt, fällt mir nie gleich was ein. Es handelt sich eher um ein Gefühl. Gefühle trügen nicht, überzeugen andere aber selten.
Die Italiener zum Beispiel, ich habe sie nie aus den Augen verloren. Die Italiener waren immer das Schöne in NKY, gerade weil es keine gab.

Worauf beziehen sich die höchsten Gebäude in der 5th Avenue? Auf die himmelwärtige Raummasse? Nicht auf mich.
Deshalb muß ich immer wieder kleinere Räume aufsuchen, um mir die Stadt zusammenzusetzen. Wenn ich die Gestalt eines Straßenzugs im Geiste nachgestellt habe, gehe ich wieder hinaus und bewege mich schon etwas sicherer, die Proportionen suchen jetzt schon ein Verhältnis zu mir. Dann gehe ich wieder hinein. Nicht immer ist Gelegenheit, unter dem Vorwand, einen Kaffee trinken zu wollen, der Stadt allmählich gewachsen zu werden. Gerade dort, wo die plötzlich maßlose Dimension das Nervensystem erschüttert: kein Kaffee. Kein Dach über dem Kopf. Den Elementen des Räumlichen schutzlos ausgesetzt. Verzweifelte Suche nach angemessenem Obdach.
Wenn ich das nächste Mal hinaustrete, beginne ich ohne zu schauen die gebaute Höhe zu fühlen, sie begleitet mich als störende Konstruktion vor dem

schrankenlosen Raum, die sich nicht abschütteln läßt. Das übernächste Mal beschirmt sie meinen Körper beim Gehen; Kopf und Schultern fühlen sie als Rahmen, gelegentlich noch beengend.
Nach mehreren Tagen dieser Übung beginnt mein Geist, der beliebig gegliederte Felder in der Waagerechten bis an den Horizont mit Leichtigkeit in ein Gefühl von Ich verwandeln kann, dieses einzigartige Vermögen auch in der Vertikalen aufzubauen.
Immer öfter kann ich mich an nichts erinnern.
Gelingt es mir doch, so gefällt mir in dieser Stadt nichts mehr. Ich erinnere mich zum Beispiel an Rom, und gleich gefällt mir in New York nichts mehr. In Rom wollte ich immer alles berühren.

Ich kaufe nichts. Vom Nötigsten abgesehen. Solange ich nichts kaufe, kann niemand etwas von mir verlangen. Ich bin frei, ich gehe zu Fuß, ich fahre nicht mit der Subway. Gestern stieg ich einmal hinunter, ein schwarzer, dröhnender Maschinenkeller voller Menschen aller Rassen, die auf der Flucht zu sein schienen, jeder auf seiner eigenen, lang geplanten Flucht, auf der er sich von nichts und niemand würde hindern lassen. Das habe ich erkannt. Obwohl sie kostümiert waren; denn sie wollten nicht erkannt werden. Die Flucht war das einzige, was sie beherrschte. Ich legte die Finger in meinen Fausthandschuhen eng zusammen und stieg, sorgsam dieselbe Treppe wählend, wieder ins Freie.

Gestern nachmittag lernte ich jemanden kennen.
Ich wollte mich ausruhen, ich war mehrere Stunden downtown gelaufen, als ich in einem kleinen Betonkarree hinter einem Haus in East Village eine Bank fand. Das Betonviereck schien nur für die Bank gegossen, sie stand in der Mitte, umflogen von Plastiktüten, ein Maschendraht umschloß das Viereck, er sah aus wie ein großer Käfig mit einer Bank und seltsam herumtrudelnden Vögeln aus Plastik. Zwischen den Latten der Bank klemmte ein abgenagtes Hühnerbein. Es war die erste Bank, auf die ich traf, seitdem ich vor zehn Tagen hier losgelaufen bin. Sie war besetzt.
Ein Mann saß auf der Bank, die Beine sorgfältig nebeneinandergestellt, den Rücken gerade, die Hände über einem leeren Beutel gefaltet. Das Hühnerbein klemmte knapp neben ihm, und die Mülltüten flogen um ihn herum. Ich hatte meine Finger in das Maschendrahtnetz eingehakt und das Gefühl, ihn eingefangen zu haben. Er blieb still sitzen, blickte umher, ohne den Kopf zu bewegen. Er machte einen vollkommen durchschnittlichen Eindruck.
Unauffällig versuchte ich sein Gesicht zu sehen, ohne gleich in sein Blickfeld zu geraten. Er redete, öffnete aber den Mund kaum dabei.
Sorry? fragte ich zu ihm hinüber, nicht erstaunt, denn hier scheint jeder mit sich selbst und sein eigenes Englisch zu sprechen; es hilft, sich den Sprechenden genau anzusehen, anstatt an Regeln zu denken.
Er wandte den Kopf zu mir und sagte entschuldigend, er habe laut nachgedacht.
Ich gab ihm zu verstehen, daß ich das hier schon er-

lebt habe und nichts dabei fände. Viele machen es ungehemmt und auffällig.
Wir machen es von jeher völlig unauffällig, erklärte er, es hat sich schon im Zarenreich bewährt.
Ich sah genauer hin, er war mindestens doppelt so alt wie ich.
Wir beherrschen es auch in fremden Sprachen sofort. Sie können das in Bowling Green sehen. Ich lade Sie ein nach Bowling Green!
Ich trat ein Stück vom Zaun zurück, um mich zu verabschieden.
Es sei hier nicht so leicht, jemanden kennenzulernen, sagte der Mann jetzt lächelnd, es müsse vor allem noch vor dem Blizzard sein, mittendrin sei es unmöglich. Aber nun sei es ihm endlich gelungen.
Er schlug mir vor, Freunde zu werden, und ich wußte nichts darauf zu antworten.
Es blieb den ganzen Tag heute kalt und klar, ich sah es an den Dampfwolken, die die kleinen asiatischen Imbißstände einhüllen, Planen schützen sie von drei Seiten vor dem Wind, und unsichtbar hinter einer duftenden Dampfwolke füllt eine Chinesin Nudeln in Pappschachteln.
Er wollte mir dann unbedingt das Haus zeigen.
Ein Haus voller Russen! Ein Building mit sechs Aufzügen in Bowling Green, am Bug von Manhattan. Aus allen Fenstern See, und hinter allen Fenster Russen zwischen zwanzig und siebzig. Sie sahen so wohlgeordnet aus, erwartungsfroh wie eine riesige Schulklasse an einem Festtagsausflug, als lebten sie noch ganz in den Bildern des Entschlusses, der Überfahrt,

der Ankunft in der Neuen Welt. Auf allen Etagen die klaren Stimmen der Sprachlehrer: Yes, I did. Or no, I didn't. Und alle lachen, vor allem die Frauen lachen ganz schnell und wie beschwipst, und ein Mann mit dünnem, säuberlich gescheiteltem Haar antwortet mit einem Schulterzucken: Was soll's, Brüderchen!

Hinaus! Ich meide das geringste Vertraute. Draußen ist, was drinnen summt als Generatorton, als Sirren hoher Spannungen: der Strom ist draußen.
Gleich heute sah ich einen Italiener, einen schönen Italiener mit gelacktem Haar und Sonnenbrille, groß, wie er sogar im Mutterland selten ist. Sein Mantel stand offen. Beim Überqueren der Houstonstreet ein Drehen in den Lenden, wie um sich umzuschauen, aber eigentlich, um sich selbst zum Anschauen hinzugeben, denen, die im fortwährenden Selbstgespräch vorwärtsziehen, den dargebotenen Hals übersehen wie einen Fetzen Zeitungspapier, den der Wind hoch gegen den Giebel mit der haushohen Jeanswerbung treibt, über den nackten Bauch bis in Höhe der Brustwarzen, die sich mit den Luken in der Brandmauer decken.
Ich dachte, der Italiener müßte traurig sein; wir müssen gesehen werden. Ich machte kehrt, um ihm zu geben, was ihm zustand, mit einem Blick wollte ich die Achtlosigkeit vergessen machen. So sieht der Ort aus, von dem ich lange Vorstellungen gehegt hatte: unter Menschen einherzugehen, die bekommen, was sie sich wünschen. Von Anfang an bauen wir an der großen Erfüllungsszenerie, seltsame Städte besiedeln unsere

verborgene Welt, durch die erwartungsvolle Bewohner streifen.
Vor mir das Mädchen mit dem langen blonden Zopf, die dünnen Beine in lackglänzenden schwarzen Pantalons, besonders die Kniegelenke waren beängstigend mager. Sie ging vorgeneigt, wie bergan, sie stemmte sich gegen den Kinderwagen, ein Doppelgefährt mit zwei kräftigen Dreijährigen, es war der ruhigste Abschnitt der 5th Avenue. Ein monotones, beunruhigendes Geräusch begleitete sie: Neben ihr schleppte sich ein riesenhaftes Tier hin, es schleifte seine Pfoten und das lange Pfotenfell über das Pflaster, mit jedem Schritt hörte ich es einzeln etwas zusammenkehren und beiseitewischen, in altersschwachem, menschlichem Trott, der das Hinterteil mit den schwarzen vertrockneten Hoden schlingern ließ. Indes sich der riesige Kopf des Hundes, der dem mageren Au-pair-Mädchen bis zu den Schultern reichte, am Bug des angestrengten Gefährts in die Sonne schob.

Wo ist der Italiener? Kann einer hier finden, was er verloren hat? Ich war den ganzen Tag unterwegs und wollte nichts berühren, deshalb rannte ich, wie alle. Einige rannten im Sportdreß die 5th Avenue uptown, andere in Schaufenstern auf Laufrädern, alle übrigen, in Wintergarderobe, staffelten sich an Straßenkreuzungen, rhythmisch und im Pulk losbrechend.
Wo war mein Italiener, damit ich ihm sagen konnte, daß er stehenbleiben soll, stehenbleiben, um sich anschauen zu lassen. So lange stehenbleiben, bis sie innehalten müssen und ihn anschauen.

Ich wandte mich sehnsüchtig um, eine alte Frau schritt soeben die gläserne Front des Rockefeller Center ab, das feine und sehr hell gepuderte Gesicht dorthin gedreht, der elegante Wollmantel über der Erde; sie ging am Stock, ihr Kopf befand sich auf groteske Weise weit vor dem übrigen Körper, einen Meter war er dem Körper immer voraus, der in klobigen, weißen, nagelneuen Schuhen endete, mit kleinen Raubkatzen auf den Außenseiten. Behutsam und sorgfältig schienen sich die fabrikneuen, sprungbereiten Turnschuhe auf ein unsichtbares endgültiges Ziel hinzutasten.
Ich entfernte mich; der Italiener wäre mir lieber gewesen. Etwas Unstetes hat von mir Besitz ergriffen, ich konnte mich heute mittag nicht entscheiden, ob ich uptown oder downtown weiterlaufen sollte. Mein Inneres kam mir zu Hilfe, indem es beide Richtungen verwechselte und mir vorführte, daß es gleichgültig ist, wohin ich meinen fieberhaften Gang fortsetze.

Es wird täglich kälter; ich warte auf den Blizzard, den mir der Russe versprach. Ich warte auf ein Zeichen, das mir die Richtung weist. Naturereignisse machen viele Entscheidungen überflüssig.
Heute morgen schaute ich in die Schränke und erblickte da noch zwei kleine überzählige Adapter. Sie lagen ganz apathisch da, auch sie warteten auf den Blizzard, ich sah es ihnen an. Ich tauschte sie sofort aus mit zwei anderen diensttuenden. Dabei fand ich einen beinfarbenen Mantel. Er glich einer eingerollten Luftmatratze, an der Tasche war ein Brandfleck. Ganz allein hing er im Besenschrank, den ich bisher noch

nicht geöffnet hatte. Wie ein großer tiefgefrorener Mensch hing er da, der auf Zeit erstarrte Blizzard selbst. Ich tippte ihn vorsichtig an, aber er stellte sich weiter tot.
Die Nachbarn auf dem Dach tragen jetzt Mützen, Schals und ziehen die Augen zusammen. Sie sind noch immer das erste, was ich sehe, wenn ich aufgestanden bin. Ich stehe da im Nachtgewand und sehe ihnen ungläubig nach, schon zwei Wochen lang. Ich kenne sie gut, aber sie haben keine Ahnung von mir inmitten des bewohnten Hochgebirges. Sie werden mir mit jedem Tag vertrauter; heute hatte die Frau mit der Kniebandage einen Mundschutz um. Wegen der Kälte? Wegen kälteresistenter Bakterien?
Ich verfolgte sie über mehrere Runden, ich war glücklich, daß es jemanden gab, der immer wieder zu mir zurückkehrte.

Den ganzen Tag über hoffte ich, daß ich heute jemanden kennenlernen würde. Kaum war ich draußen, lag es als Versprechen in der Luft, überall Geistesgegenwart und Bereitschaft, Frische, Kälte, Ohrenschützer und Kopfhörer unter den Ohrenschützern, was den Eindruck der Geistesgegenwart nicht minderte, ihn noch steigerte: rundum Darbietungen.
Höhe 88th Street sprang einer, der mich eben begrüßt hatte, unvermittelt auf die Rädchen an seinen Schuhspitzen und hackte über den Platz, drehte sich hoch in die Luft, trieb die Spitzen in den Asphalt, stemmt sich wieder hoch und schlug nach seinem unhörbaren Sound zwischen Himmel und Erde hin und her, bis

ich ihn unter den anderen nicht mehr ausmachen konnte. Ein anderer war schöner, der mich mit hoher Brust auf elliptischer Bahn umschwirrte, die Ellenbogen aufgestellt wie Flügel, die Finger in graziler Abwehr, aber auch dieser mit gleichsam geschlossenen Augen, mit diesem Blick nach innen, wo es walzerhaft aus dem vergangenen Jahrhundert zu ihm herklang, in dem er sich geborgen hatte, weit davon entfernt, mich kennenlernen zu wollen.
Sowenig wie jener Schwarze unter schwarzem Sturzhelm, mit schwarzer Brille, dessen Körper in einem schwarz und gelb gestreiften Nylonanzug steckte, er bewegte sich nicht von der Stelle. Nur seine Hände in den steifen schwarzen Motorradhandschuhen vollführten feinste Gesten der chinesischen Meditationskunst, während die rädchenbestückten Stiefel leise zitternd ihren Standpunkt hielten.
Ich trottete von diesem Ort weg. Wie sah ich denn aus: weiter nichts als ich selbst. Ich kaufe nur abgepackte Nahrung, auf der ein Preisschild klebt, ich benutze keine Verkehrsmittel, ich gehe nie ins Restaurant essen. Vielleicht sieht man mir das an? Ich habe alles ersparte Geld genommen, um in den letzten Tagen dieses Jahrhunderts die Zukunft zu studieren, was mir am ersten Tag des künftigen einen Vorsprung verschaffen wird. Deshalb bin ich hergekommen.
Vielleicht sieht man mir das an: daß ich es ernst meine. Heute ahnte ich, was mir fehlt: das Kostüm.
Eine Verkleidung, mit der ich mich unter die Leute mischen kann, ohne sie mit mir selbst zu erschrecken.

Am nächsten Tag kaufte ich den Hut. Ich zahlte ihn an, konnte aber nicht warten und holte noch am Abend das restliche Geld aus der Wohnung und lief in der Dunkelheit und Kälte einen Kilometer zum Union Square zurück, der Weihnachtsmarkt war voller Trommelmusik, duftete aber nicht, nach nichts.
Die Hutmacherin selbst setzte mir den Hut auf, und augenblicklich war alles anders. Hier und da rief eine Person im Vorübereilen, sie würde meinen Hut lieben. Ich lachte und kicherte, während ich mich vom Menschenstrom mal hierhin mal dorthin drängen ließ, ich kaufte einen fliegenden Weihnachtsmann, ich mußte unbedingt noch weiterkaufen. Ich stieg vier Stufen zu einem Delikatessenladen hinauf und fing an, mir die Fressereien anzusehen, fünfzehn Meter dampfendes Gegrilltes, buntes Ausgefranstes in Kugeln, Würfeln, in Fäden und Zöpfchen, mit Fetttröpfchen und Siruplack, in Boxen getrennt, vereinigte es seine heißen Düfte sofort oberhalb der Trennwände zu dem, was ich zuerst und sogleich wollte: alles.
Dann machte ich bei den Massageölen und Seifen weiter, schnüffelte eine Stunde an meinen Unterarmen, auf die ich die Liebesöle vom Handgelenk zur Armbeuge in knapp getrennten, langen feuchten Spuren gerieben hatte. Schließlich nahm ich eine französische Seife, groß wie ein Wörterbuch, teuer wie eine zweibändige Enzyklopädie, bei deren Duft ich den Verstand verlor.
Der Berater an der Vitamin- und Hormontheke stand lächelnd und mit blankem Kopf seitlich in meinem Gesichtsfeld, noch größer, noch schwärzer, noch

schöner, als ich ihn gelegentlich von der Straße aus durch die Schaufensterscheibe erspäht hatte. Ich zog mein Geld aus der Tasche, ich rupfte, zog und zerrte an jedem Dollarschein, befühlte, betastete ihn, ich faßte ihn richtig an, so wie ich es hier am ersten Tag gesehen hatte. Ich hatte beschlossen, Geld zu haben, und gleich waren alle Angebote, Blicke, die gesamte Installation aus belebtem und unbelebtem Inventar an mich gerichtet. Ich war gemeint.
Der Kassierer lachte mit mir; als ich auf die abendliche Straße hinaustrat, regnete es, ein ungehaltener Mann mit gelbgewürfeltem Schal rannte mich beinahe um, eine alte Frau in einem Pelz mit eingewebten Mickeymäusen wendete langsam ihren Kopf, der unter dem steil in die Höhe gelackten weißen Haar rosig durchschimmerte.
I like you, I love you! rief ich, nach rechts und links winkend, bis ich zu Hause war.

Herrlich dieser Sonnabend, vor mir unbekanntes Gebiet, neues Theater, anderes Leben: grob, grell, gegenwärtig.
Eine der alten Ladies von der Upper East Side, die selten und nur kurz Bus fahren, hatte ihre magere, feingesprenkelte Hand vor meinem Gesicht in die Halteschlaufe geklammert. Der tiefe, frische Geruch dieser Hand umgab mich plötzlich, ein Duft aus aristokratischen Bädern, nicht der eines raffinierten Parfüms, sondern die Basisnote aller klassischen Seifen, eine morgendliche luxuriöse Einfachheit von Blütenduft im Umkreis von Lavendel, hell, rein, mädchenhaft,

eine Aura der Unbeflecktheit hüllte die Gebrechlichkeit der Frau ein, die Mühe hatte, zwischen Plastiksäcken und abgelaufenen Turnschuhen zum Ausstieg zu gelangen. Draußen das kellnernde Mädchen am Herald Square, die halbe Suppe in der Untertasse, der Lärm, das Brabbeln der Selbstgespräche, das Herumrotzen, Herumstoßen. Weit oben in Höhe des noch schattenhaften Vollmonds der Monitor mit den schwarzen Basketballern, unten drehen sich die Leute mit in den Nacken gelegten Köpfen über die acht Ampelpassagen des Times Square, umlagert von leuchtenden Riesen, elfenbeinfarbene Kniekehlen in Höhe des 22. Stockwerks, lackschwarze Schultern, lackrote Lippenspalten von oberhalb der begehbaren Welt, ganz unten ein Mensch mit angezogenen Knien rücklings an der Hauswand, der sich den Mund zuhält. Die Schmuckverkäuferin nebenan legt ihren weichen, hochgepreßten Busen über den glitzenden Auslagen ab und hantiert mit messerscharfen Fingernägeln an den winzigen Objekten, geschminkt wie im No-Theater, führt sie spöttisch ihren Job vor. Zwei ausgelassen gelangweilte Mädchen im hinteren Teil eines Geschäfts boten mir Leder an, zwängten sich aber dann selbst hinein, die eine half energisch, die andere in die Hose zu pressen, zwang sie in die Hocke, die Augen aufgerissen, dann quietscht, knackt und reißt es, dann sitzt es, tanzt mit geschwärzten Händen vor allen Spiegeln, entpellt einen vom Billigleder geschwärzten Hintern, Beine, Füße, die Technobässe, alles kreischt, kichert, kichernd gehe ich, und man ruft fröhlich empört: Nothing?!

Tief in der Nacht dann wunderbar zu sitzen, ringsum zu ahnen, anstatt zu verstehen. Ich aß ein fettes Stück Sachertorte, die Konzertwelt beobachtend. Neben mir eine Japanerin, die sehr laut und mit Druck lacht, aber resonanzlos, ein lautes Pressen von Kehllauten; bin bald entschlossen, niemals mit dieser Frau leben zu können. Schon eher mit dem Paar, sie in Netzstrümpfen und groben flachen Schuhen, groß und blond, sprach sehr schnell und fremd, ich verstand nur Hauptwörter. Ich genoß es. Nichts, was deprimieren kann, ist mir zugänglich, weder die Enge eines Dialekts noch der Ausdruck der Routine, die ewige Wiederholung abgestandener Gedanken, die hundert kleinen Zeichen der Geheimnislosigkeit.
Heimlich betaste ich das Geld in meiner Manteltasche.
Wunderbar zu sitzen und den Unbesorgten zuzuschauen, Schokolade auf der Zungenspitze, und die eigene Hand ruht versichernd auf dem ausreichenden Budget.
Wie anregend ihre Eigenarten sind, wenn ich nichts von ihnen will.
Dagegensein nimmt alle Sinnenfreude.
Wie liebenswert ihr Gerede, wenn ich ihnen ihre Ansichten lasse.
Wie unterhaltsam die ganze Welt, wenn ich keine Forderungen an sie habe.

Kaum war ich frei, lernte ich am Nachmittag jemanden kennen.
Ein Mann begrüßte mich in Höhe Central Park mit Handschlag, überreichte mir seine Karte und stellte

sich als Anwalt vor. Er komme gerade aus Kalifornien, wo die Frauen sehr attraktiv, aber leer im Kopf seien und er soeben vier Millionen an seine Geschiedene gezahlt habe. Er lud mich zum Dinner ein: ein paar Drinks, etwas music, no sex.

In dem Moment erinnerte ich mich plötzlich an den Brief eines Freundes, den ich kurz vor meinem Abflug empfangen hatte. Ich hatte ihn ein paar Tage ungeöffnet liegenlassen, vermutlich um mein Gefühl der Vorfreude zu steigern. Ich stellte mir nämlich vor, wie dieser Freund mir seinen Lebensstil in Amerika beschreibt, wo er für drei Monate weilt: wie sie dort gehen, ob sie sprechen müssen, um ausdrucksvoll zu sein, welches die ersten kleinen Zeichen der Annäherung sind, wodurch sie zu bezaubern vermögen usw. Das stellte ich mir in dem verschlossenen Brief vor, der Ende November auf dem Fensterbrett lag.

Der Anwalt war verschwunden, noch ehe ich seine Einladung annehmen konnte.

Gleich darauf fiel mir ein, daß ich den Brief nie geöffnet hatte, daß er noch immer verschlossen irgendwo liegen mußte, vielleicht noch auf dem Fensterbrett.

Ich erinnere mich an die letzten Stunden vor meinem Abflug nicht, sie sind wie aus meinem Bewußtsein gelöscht. So bedeutungslos war mir die Zeit dort drüben geworden, die nichts als Vergangenheit hervorzubringen schien, seitdem alle vom Jagdfieber auf die Zukunft erfaßt worden waren.

In der Dämmerung lief ich bis nach Soho hinunter, wo es hinter den Fensterscheiben zu blitzen begann, immer mehrmals hintereinander, als würde überall fotografiert. Ich dachte an den Anwalt, als Momentaufnahme tauchte er noch einmal in meinem Gedächtnis auf und verschwand.

Mein Schlaf ist kürzer und flacher geworden, ich erwache jetzt früh, und immer laufen sie schon. In der Morgendämmerung ist der Mann mit den Propellern an den Füßen unterwegs, er ist Asiate, neuerdings erwache ich mit seinem Erscheinen, er dreht wie der Morgenstern seine Bahn, während ich ihn im Nachtgewand mit benommenem Blick verfolge. Für die nächsten zwanzig Minuten ist er der einzige Mensch in New York, der zu mir gehört. Ich kenne seinen Gang, seinen Schritt, seinen Lauf, auch manche reflexhafte Bewegung, seinen Blick schräg aufwärts ins Weite, der den Wohnturm, den er gerade trifft, durchdringt. Ganz leicht trägt er seinen Kopf, obwohl er in den letzten Runden etwas nach hinten sinkt. Am genauesten habe ich die Rotationsgeste seiner Fußspitzen auf den Ausschlaggipfeln studiert. Ich eile mit diesem Flirren ins Bad, wenig später verteile ich Honig- und Ahornsiruptöpfe auf dem Tisch, streife am Fenster vorbei, und der Asiate biegt flirrend in die Südkurve ein.

Ich denke: Wo immer ich die Leichtigkeit gesucht habe, war es mit Anstrengung verbunden. Eine schwere Aufgabe, eine Sache, die man sich verdienen muß. Unentwegt muß man sich verdienen, was man ersehnt. Verdienen durch Erschwernis, Mühe, Leistung, Pein, die ich unentwegt erfinde, um dem einzigen Ersehnten näher zu kommen: der Leichtigkeit.

Der Asiate zieht die zwanzigste Runde unter meinem Fenster, mit seinen Fußspitzen zwei übermütige eiskalte Wirbelschweife in die Dezemberluft werfend.
Und die ganze Zeit fühle ich, wie es wieder stärker und stärker wird: I like New York.

Ich habe bezahlt! Dr. Packetts Schreibtisch war hoch mit Papieren belegt, auf dem oberen schrieb er mir eine Quittung aus, die Ellenbogen in Ohrenhöhe. Um mein Geld zu wechseln, zwängte er sich durch den Gang zwischen Schreibtisch und den schulterhohen Aktenstapeln, die von der Wand her in den Raum hineinwuchsen und in der Höhe nur durch die Fotoserie legendärer Baseballmannschaften niedergehalten wurden.
Von Dr. Packetts Büro aus trat ich auf die Galerie hinaus, sie führte um den ganzen Bau des Sportcenters, um alle drei Basketballfelder im Erdgeschoß, ich lehnte mich über die Brüstung und sah hinunter auf das in gleißendes Licht getauchte, bernsteingelbe, spiegelnde Parkett, auf dem die größten und schönsten jungen Männer aller Rassen mit einem schwarzweiß getupften Ball herumalberten.
Ich gehöre jetzt dazu! Ich kann zu jeder Tages- und Nachtzeit in Sportschuhen diese Hallen betreten, die Schuhe müssen sofort hinter der Lichtschranke gewechselt werden, die ich mit meiner Identifikationskarte geöffnet habe. Flüchtig erinnere ich mich an den Wechsel in ausgetretene, graue, müde Hausschuhe, wenn man Wohnungen betrat, irgendwann früher.
Noch an meinem Beitrittstag gesellte ich mich zu den

lesenden Radfahrern im Schaufenster, versuchte auch zu lesen, vermochte aber nicht, der Lektüre bei körperlicher Bewegung und dem Hin und Her des Passantenverkehrs gedanklich zu folgen. Mit Blick und Gedanken den auftauchenden und entwischenden Fremden verfallen, wünschte ich mir, einer von ihnen zeigte sich ein zweites Mal. Aber die Welt erweist sich hier rücksichtsloser als anderswo als Welt ohne Anfang und Ende. Diese Tatsache ist bei gleichzeitiger körperlicher Bewegung noch schwindelerregender als im Ruhezustand.

Die Sorgfalt, mit der ich meinen Asiaten verfolge, geht mir im Laufe des Tages verloren. Die Achtsamkeit schwindet, die Treue läßt sich nicht aufrechterhalten. Sie beanspruchen zuviel Platz, schon am Mittag werden sie verdrängt von allem, was als Erregung, Erwartung an Beinen und Armen heraufläuft.

Ich gehe jetzt täglich ins Schaufenster radfahren, die Leute vom Vortag gemischt mit neuen treten breitbrüstig in den Raum, die Jungen stellen die Turnschuhe weit auseinander, die Mädchen erscheinen im Aufwärmschritt, alles tänzelt wie ein Boxer vor dem Schlag, sie begrüßen mich heiter, heute haben sie mich nach meinem Namen gefragt, einer hat gefragt, und zwei haben meine Antwort gehört. Morgen werde ich eher dort sein, um ein Rad neben ihnen zu kriegen. Ich werde sie kennenlernen, es werden meine Freunde werden. Ich versuchte es wie sie mit Lektüre, es war anstrengend, simultane Aktivität bin ich nicht gewöhnt. So unter Bewegung mußte ich weit mit jedem

Satz radeln, ehe ich ihn übersetzt und begriffen hatte: *Das Luftbild Manhattans stellt ein dreidimensionales Diagramm der Grundstückswerte und Miethöhen dar.*
Ich war am Ende, als alle anderen längst gegangen waren. Ich hielt mich am Sattel fest, meine Beine zitterten. Die Hand ans Geländer geklammert, wankte ich die Galerie entlang, bis ich vorn auf der Brücke ankam, von der aus ich links auf das leuchtende Bernsteinparkett und die blanken Köpfe der Ballspieler und rechts in die lichtblaue Tiefe eines Sprungbeckens hinabsehen konnte. Hier oben lagen sie auf dem Rücken, die Erschöpften, hingestreut wie aus einem Füllhorn: jung, weich, glücklich, gedankenfrei.

Es duftet noch immer nicht, aber jeden Abend geben sie im Radio die Verkaufszahlen von Manhattan bekannt. Der Umsatz in der Stadt steigt; heute sah ich hohen Schnee im Rinnstein. Es müsse noch mehr gekauft werden. Seit gestern wachsen die Umsatzsteigerungsraten sprunghaft. Die letzte Woche vor Weihnachten hat begonnen. Ich habe nicht gesehen, wie der erste Schnee gefallen ist, aber heute lag Schnee im Rinnstein, und erst seitdem ich in der Wohnung bin, fällt mir das Unbegreifliche auf: es war hoher, ein bißchen abgetauter Schnee, den ich vorhin gesehen habe.
Es gab keinen Tag, an dem mir der Schneefall entgangen sein konnte. Seit meiner Ankunft in New York ist es trocken, kalt und klar, so klar, daß kein Mensch etwas Gegenständliches übersehen kann; die Schaufenster hängen voller Weihnachtsbäume, die Weihnachts-

bäume voller goldener Kugeln, so groß, daß sie mich an nichts erinnern. Frisch und erinnerungslos dränge ich mich durch den vorweihnachtlichen Käuferstrom vorwärts. Der Sturzbetrunkene, die Hose offen, lehnt wie im Fallen zwischen den Schaufenstern des Kaufhauses Bergdorf in der 5th Avenue, ein seltsames Zeitlupenfallen, ohne daß er wirklich abrutscht. Ein Mann, der seinen großen Anhang launig unterhält und von Fenster zu Fenster dirigiert, steckt ihm mitten im Gestikulieren ein Bündel Dollarscheine hinter den Gürtel, findet dort aber keinen Halt, weil der Gürtel offen ist, wodurch der Mann, sein sonntäglich herausgeputzter Familienclan und der Käuferstrom in der 5th Avenue augenblicklich ins Stocken geraten. Der Mann ist jetzt gezwungen, dorthin zu blicken, wo seine großzügig gebende Hand keinen Halt gefunden hat: in ein Gewölle von verdreckten, verfilzten Haaren auf dem nackten Unterbauch. Dort müßte er sein Geschenk irgendwie befestigen, und er tut es ohne Scheu, mit natürlicher Jovialität, sagt etwas wie: Kopf hoch, Alter! und ist schon wieder bei seinen Leuten, während der abgerissene, bärtige, von Speichel triefende Sturzbetrunkene nur eine kurze Einwirkung auf sein Gleichgewicht registriert hat und nun mit den aus der offenen Hose heraushängenden Dollarscheinen erneut ein Stück tiefer rutscht, sich aber hält und so, im schrägen hängenden Stehen, den weihnachtlichen Menschenstrom flankiert.

Ich war in Eile, ich wollte Bob treffen. Auf einmal ist alles leichter geworden; ich fahre Subway, es zieht mich in den schwarzen Untergrund, er dröhnt und bebt; eine Chinesin neben dem Gleis des F-trains drückt die Taste ihres Recorders, ihr Orchester setzt ein, sie hebt mit einer auftrumpfenden Gebärde die Violine, der F-train rast heran, gerade auf ihren Einsatz, und sie spielt ihn.

Wenn ich hinaufsteige, lache ich. Man kommt nicht nach New York, um sich wohl zu fühlen, hatten sie mir gesagt, sondern um sein Ziel zu verfolgen.

Bob wartete gegenüber. Ich hielt einen Moment inne; er fiel mir auf. Er erinnerte mich nicht mehr an den großen Jungen aus dem Sportcenter. Er erschien mir überraschend unverwechselbar, eine Person mit Eigenschaften, ein Mann.

Wir gingen eine Pizza essen, ohne daß sich dieser Eindruck verstärkte. Ich wurde unruhig. Flüchtig hatte sich etwas gezeigt, hilflos sah ich es gleich wieder verschwinden.

Stell dir vor, sagte ich rasch, zu Hause in Europa liegt noch ein ungeöffneter Brief, den ich auf dem Fensterbrett vergessen habe.

Er lachte.

Stell dir vor, du hättest ihn mir geschrieben, was stünde dann wohl drin?

Er lachte so jungenhaft, wie sie hier alle lachen.

Wenn du es mir verrätst, sagte ich, müßte ich nicht dauernd an diesen vergessenen Brief denken.

Ich wollte einfach nicht, daß er so schnell wieder mit all den anderen sympathischen Jungs zu verwechseln war.

Den letzten Brief hab ich auf der High School geschrieben, sagte er verlegen.

Macht nichts, sagte ich.
Ginge auch E-mail? wollte er wissen.
Das ist kein Unterschied.
Sie kann aber nicht wochenlang verschlossen auf einem Fensterbrett liegen, erwiderte er lächelnd.
Ich schaute ihn an, und in diesem Moment nahm der Eindruck so stark zu, daß ich Herzklopfen bekam.
Lassen wir ihn doch einfach da liegen, schlug Bob vor.
Okay, sagte ich verwirrt, enttäuscht; die anderen kamen, und wir brachen alle zum Training auf.
Du scheinst ja eine Menge Zeit zu haben! fuhr ich ihn nachher auf seinem Rad neben mir an.
Er sah freundlich zu mir rüber.
Ich jedenfalls werde nichts mehr auf morgen verschieben, schrie ich ihn an, damit er mich unter seinen Kopfhörern verstand.
Ich werde überhaupt nichts mehr liegenlassen, verstehst du, das war einmal!
Great! erwiderte er lachend und sah wieder in sein Lehrbuch.
Als ich das Center verließ, lag ein paar hundert Meter weiter hoher Schnee im Rinnstein. Ich blieb stehen, mein Gesicht glühte.
Schnee! rief ich aus; eine Kutsche rollte an mir vorbei, eine Dame im Empirekleid riß sich von einem Herrn los und rannte auf die Kutsche zu, die Pferde gingen hoch, und die Dame lag im Schnee, jemand ins Jeans sprang hinzu und hielt einen weißen Schirm über ihr Gesicht, das daraufhin weißer als der Schnee wurde.

Janet! rief ein Mann am Telefon, das bereits klingelte, als ich die Wohnung betrat, nein, nein, rief ich.
No Janet?
Nein!
Sind Sie verheiratet?
Ich legte auf. Es klingelte wieder.
Ich wäre sehr gern verheiratet, sagte der Mann.
Ich kann Ihnen nicht helfen, sagte ich.
Bleiben Sie dran, bat er, ich habe schon vier Tage mit keinem Menschen gesprochen.
Das ist Ihre Entscheidung, gab ich zur Antwort.
Meinen Sie?
Nehmen Sie sich vor, jemanden kennenzulernen, und es wird geschehen!
Es geschieht einfach nicht, sagte er.
Setzen Sie sich noch heute das Ziel, –
Ein Ziel macht blind, fiel er mir ins Wort.
Das dachte ich auch lange, erwiderte ich ungeduldig, ziellos liegt die ganze Welt voll beleuchtet vor einem, du möchtest allen Wegen spielerisch folgen, dich allen Möglichkeiten auf Zeit anvertrauen, offen, empfänglich, beeindruckbar, –
Sie sind die Frau, nach der ich suche, unterbrach er mich jetzt nachdrücklicher.
Zu spät, rief ich in den Hörer.
Ich legte auf, in mir hatte sich alles gedreht. Es klingelte wieder, aber ich nahm nicht ab, es klingelte lange. Ich trat ans Fenster, ein ganzer Pulk von Läufern bog aus der Südkurve heraus und rannte rhythmisch auf mich zu. Es klingelte wieder, ich griff automatisch nach dem Hörer, schwieg und hörte nach einer langen

räumlichen Leere eine weit entfernte, zögernde, angstvolle Stimme.
Hallo?
Ich antworte vorsichtshalber nicht.
Hallo? die Stimme klang jetzt höher und noch ängstlicher.
Wer ist da? fragte ich knapp.
Die Stimme antwortete mit einem langgezogenen, zitternden Jaa?
Es war die Stimme meiner Mutter.

Mein Mädchen, rief meine Mutter, bist du gesund?
Es fiel mir wirklich schwer, sie zu erkennen.
Hast du, bist du, hast du es warm? Sie stotterte vor Aufregung.
Ganz Amerika erstickt unter dem Schnee – die Schneekatastrophe! Sie bringen es stündlich im Fernsehen – hörst du? Hörst du mich? rief sie.
Hier ist nichts, sagte ich ungerührt.
Ich hab dir gleich gesagt, pack dir dickere Sachen ein, das sind dort die Naturkatastrophen, die kennen wir hier ja gar nicht, du wolltest mir das nicht glauben, ihr Kinder glaubt einem ja nie was, und wenn es euch das Leben kostet – sie brach ab, und ich hörte, daß sie weinte.
Hier liegt keine einzige Flocke Schnee, sagte ich gelassen, reg dich nicht auf Mama!
Eben haben sie gezeigt, wie der Schnee so hoch liegt, daß von dem Ort nur noch ein einziges Haus zu sehen war, ein einziges Hochhaus! – Sie hatte vom Weinen eine ganz fremde hohe Stimme, meine Mutter.

Du frierst, mein Kind, wie kann ich dir jetzt bloß helfen?
Das ist kein richtiger Schnee! rief ich lachend.
Wie?
Der Schnee ist künstlich.
Meine Mutter antwortete nicht.
Sie drehen grade einen Film, ich hab's gesehen, sagte ich.
Meine Mutter schwieg immer noch.
Dann sagte sie abwesend: Nur für uns hier?
Weil meine Mutter überhaupt nichts mehr sagte, legte ich schließlich den Hörer auf.
Ich warf mich aufs Bett und starrte in den nachtblauen, vom nahen Broadway erleuchteten Himmel. Einzelne Sterne funkelten so lebendig, es war, als ließe sich ihre Drehung um die eigene Achse mit bloßem Auge erkennen. Es mußten die stärksten sein. Jene, die die Leuchtkraft dieser Stadt noch immer übertreffen, die letzten, die sich noch behaupten können. Es sind wenige, sieben habe ich gezählt, und sie stehen ganz still.

Ich schlafe kurz, fest und erwache vor Neugier. Was war, hat sich über Nacht säuberlich getrennt von dem, was ist. Nichts Vergebliches beschwert den neuen Tag. Nicht, daß ich so viele Male das Chrysler Building vergeblich als Ganzes betrachten wollte, den Bau als Kunstwerk. Daß nur Stückwerk zugänglich ist wegen der Dichte der Bebauung. Daß die Muster der schönsten Städte der Welt verloren auf dem Grund meiner Seele herumliegen, daß ich in Rom immer alles

berühren wollte. Ich habe meine Enttäuschung vergessen und meine Erwartung gelöscht. Alles, was bremst, entzieht sich auf einmal von selbst.
Ich fuhr heute wieder mit den Augen das Chrysler Building ab, vier Meter vom Sockel entfernt, ließ ich meinen Kopf im rechten Winkel nach rückwärts kippen und sah 77 Stockwerke steil aufwärts, als er weich aufschlug. Ich fühlte in der Kälte die Wärme einer fremden Wange. Mein Kopf war so weit zurückgefallen, daß es nicht leicht war, ihn mit einem unangestrengten Ruck wieder heraufzuholen. Etwas in mir ergab sich dem Sog der unverhofften Intimität und ließ mich den Kopf in seiner liegenden Stellung dem Nachbarn zuwenden.
Sie sind noch immer allein, sagte er seufzend und sah auch nach oben.
Es war der Russe.
Und morgen ist Weihnachten!
Ich lachte ihn aus. Die Vorstellung war lächerlich. Es ist mir gleichgültig, was morgen ist. Weihnachten gehört in eine andere Welt, ich vermisse es nicht. Ich bin endlich in der Gegenwart angekommen.
Der Mensch dürfe nicht allein sein, erklärte er, daß sei Gesetz.
Ich solle Tee trinken kommen in eine russische Familie, man müsse zusammenhalten.

Alle drei hatten sie frisch gewaschenes Haar, aber zum Glück hatten sie keinen Weihnachtsbaum dastehn. Sie feiern es traditionell später, das war mir recht.
Die Älteste war noch allein und wich verlegen zurück,

als ich die Wohnung in Brooklyn betrat, nach den Blumen griff sie nicht, ich legte sie auf ihre Handflächen, von dort ließ sie sie vorsichtig auf die Lehne des Sofas gleiten, wo sie dann liegengeblieben sind.
So sind die Russen, sie deutete auf den leeren Tisch, niemals pünktlich.
Es lagen große und kleine Turnschuhe herum, ihr Anblick erfrischte mich. Die Älteste sah zögernd in Schränke und Fächer und berührte alles nur mit den Fingerspitzen, unschlüssig, was zu tun sei, und als ich ihr half und systematisch Geschirr aus dem Schrank räumte, verfolgte sie das träumend, an den Türrahmen gelehnt.
Unauffällig beförderte ich die Turnschuhe mit dem Fuß aus dem Weg, nicht ohne ihnen etwas zuzuflüstern: See you later!
Es klingelte Sturm, die Jüngste warf alles von sich und drehte sich strahlend in einem ärmellosen grüngoldenen Kleidchen. Sie fing gleich an, mit mir über das Wetter in New York zu reden und über den Blizzard, der ihnen versprochen wurde. Von wem?
Vom Vater!
O ja, der Blizzard, wunderbar, sagte die Mittlere mit hoher Stimme, sie war groß und ziemlich blaß, und alle drei hatten sie dieses glänzende, elektrisch aufgeladene, lange, fliegende Haar. Raissa löste sich vom Türrahmen und hängte in jede Tasse einen Teebeutel, langsam wickelte sie die Bindfäden um die Henkel herum. Die Jüngste erzählte mir von ihren Kindern und dem Mann, der nicht arbeiten, sondern ewig den Sprachkurs weitermachen will und danach den Com-

puterkurs. Mit dem kleinsten Kind hätte sie in ihrer Bibliothek in Tschetschenien unter Beschuß gesteckt, und hier hätte sie gleich eine Arbeit im Büro gefunden, und jetzt hatte sie sich das Kleid gekauft.
An dem Tag, als sie mit ihrer Familie in New York angekommen war, hatte sie sich plötzlich sehr jung gefühlt, sagte Raissa, die Älteste.
Ich saß auf dem alten, graugrünen Sofa aus dem Secondhandshop der Einwandererorganisation und dachte an meine Freunde im Sportcenter, an ihren atemlosen, quicklebendigen Gang, von dem sie augenblicklich zu Boden und in tiefen Schlaf fallen können, an ihre Gedanken, die sich wie kleine, neugierige Vögel rasch hier und dort niederlassen, gespannt, konzentriert und immer bereit zum Abflug, ich dachte die ganze Zeit an sie.
Die Jobs wären schon vergeben gewesen, erzählte Raissa, nur eine Putzstelle im Altenpflegeheim sei bis zuletzt übriggeblieben, und so sei sie nach ihrer Ankunft in New York in das Altenpflegeheim gegangen. Von der Stadt habe sie nichts kennengelernt, nur den Haß der Pflegerinnen auf die Alten, ihr Geschrei, ihre Flüche, Drohungen und Beschimpfungen. Nach einem Vierteljahr sei ihr Amerika wie ein Haus voller sehr alter Menschen vorgekommen, die viel Geld bezahlen und schlechtes Essen bekommen.
Ihre Familie wisse davon nichts. Ihr Ehemann mache den Computerkurs, ihre Söhne gingen zur Schule und säßen am Nachmittag am Computer. Der Vater habe den amerikanischen Traum und sei Beststudent am Sprachcollege.

Ihre Moskauer Freundin habe sie am Telefon gefragt, wie sie so etwas machen könne, Putzfrau?
Sie habe geantwortet, sie könne es, es mache ihr nichts aus. Aber sie wisse nicht, ob das gut oder schlecht sei, daß es ihr nichts ausmacht. Das beunruhige sie am meisten.
Sie habe weggewollt, um als freier Mensch die ganze Welt zu sehen. Und nun, da sie die Welt sehe, empfinde sie nichts. Sie sah Notre Dame und empfand nichts. Sie sieht New York und empfindet nichts.
Sie sei die letzten Tage auch ein paarmal deprimiert aufgewacht, seufzte Vera, aber dann denke sie an das neue Kleid und freue sich.
Raissa behauptete herablassend, daß Kaufen den Hormonspiegel verändere, es sei sexuell, es befriedige. Jackie Kennedy habe massenhaft Sachen gekauft, sie müsse sehr unglücklich gewesen sein.
Die Jüngste beugte sich weit über den Tisch, hörte mit überraschtem Gesicht zu und lachte dann schallend.
Und ich hatte die ganze Zeit über wortlos dagesessen. Ich hatte an meine leichtfüßigen, unbeschwerten Freunde gedacht und mich von Minute zu Minute tiefer, sehnsüchtiger in sie verliebt.
Spät am Weihnachtsabend ging ich mit der Mittleren zur Subway, sie hatte den ganzen Abend nichts gesagt, jetzt sprach sie schnell, mit hoher Stimme und wie beiläufig, ihre langen Arme und die blassen Finger gestikulierten mit kurzen klaren Hinweisen die Regeln des Subwayfahrens allein und bei Nacht. Wo die Mitte des Zuges ist, wodurch markiert, daß ein Schaffner in der Mitte in einer Kabine sitzt; der Zug kam, und sie

zeigte ihn mir. Sie tat es wie eine Stewardeß, die das Havarieverhalten demonstriert, mit dem gleichen abwesenden Lächeln. Es seien viele Kriminelle unterwegs, jetzt im Winter auch Obdachlose; es sei ihr noch nichts passiert. Sie war auf dem Weg nach Queens, es sei wundervoll in Queens, I like Queens, beautiful places. Als sie vor zwei Jahren nach Amerika kam, habe sie in Landhäusern geputzt, in Rußland war sie Kinderpsychologin. Zu den Landhäusern habe sie gehört wie ein Gegenstand, sie sei nach New York City geflohen. Hier putzt sie in verschiedenen Wohnungen, zu denen sie den ganzen Tag unterwegs ist, bis spät nachts, immer mit der Subway. Die Leute, die sie in ihrer Freizeit trifft, sind Latinos, sie sprechen den Basiswortschatz der Einwanderer. Über die Vergangenheit sprechen sie nie, für das Gegenwärtige reicht dieser Wortschatz aus. Weil sie nur amerikanisch spricht, nie russisch, denkt sie auch in der fremden Sprache, und weil diese für sie nur zweihundert Worte hat, sei es ihr nicht möglich, über Zusammenhänge nachzudenken.

Ich treffe keine Russen mehr, erklärte Lena mit diesem abwesenden Lächeln, ich habe ein neues Leben, das wahre Leben. Im wahren Leben ist jeder fremd. Jeder ist allein, verloren. Jeder ist wie ich.

Deshalb sei New York der einzige Platz auf der Welt, wo sie leben will. Sie sei glücklich hier.

Sie fuhr dann weiter nach Queens, sie verabschiedete sich. Sie machte nicht viel Aufhebens davon; sie wollte mich nicht wiedersehen.

Es hat mir nichts ausgemacht. Eine Freiheit hat von mir Besitz ergriffen, von der ich nichts wußte. Die Ereignisse, in die ich normalerweise durch Sehnsucht, Erregung und Erwartung verwickelt werde, bleiben neuerdings selbständig, und ich bleibe es auch.
Ich frage mich nicht, wie das hat passieren können; es ist mir zu unheimlich.
Ich bin frei von etwas, das ich mein bisheriges Leben lang für meinen Charakter hielt. Ich bin frei von der Welt der anderen. Ich fordere keine Gemeinsamkeit mehr. Ich erwarte nichts Passendes. Ich respektiere das Andere. Ich verfalle nicht in Mitgefühl. Ich ersehne endlich nicht mehr die Einheit der Teile. Ich habe das Ganze aufgegeben.
Leichtigkeit hat von mir Besitz ergriffen: Freiheit.

In der Nacht des 31. Dezember zog ich mehrere Sachen übereinander, ich öffnete den Besenschrank, da hing er immer noch, der beinfarbene Mantel mit dem Brandloch. Ich zog ihn an; ich hatte den Eindruck, er verdoppelte meinen Umfang von den Schultern bis zu den Fesseln, wog aber fast nichts.
Ich machte mich auf den Weg zu meinen Freunden auf der Brooklyn Bridge, von der aus man das Feuerwerk über New York City prächtiger als von anderswo würde sehen können. Wir starteten eine Stunde vor Mitternacht von verschiedenen Stellen der Stadt und liefen im Sternlauf auf die Brücke zu. Wegen der Kälte beschloß ich, ein Stück mit der Subway vorzufahren, und euphorische Freude überfiel mich schon unten im überfüllten, dröhnenden, bunten Tunnel.

Der C-train fuhr bis Canal Street, hielt und fuhr in die Richtung, aus der ich gekommen war, zurück. Damit hatte ich nicht gerechnet. Alle möglichen Leute erklärten mir, es gäbe zwei C-Linien mit verschiedenem Verlauf, und teilten meine fröhliche Aufregung. Ich wartete zum zweiten Mal auf den Zug in die Richtung, in die ich vor einer Viertelstunde hier losgefahren war. Ein Junge fragte mich nervös nach dem E-train zur größten Party in New York City, und sein Mädchen stand in einiger Entfernung herum und betrachtete ihn hoffnungslos. Das beunruhigte mich, als ob irgend etwas nicht stimmte. Ich redete den nächsten Mann an, er dachte eine Weile nach, ich starrte auf seinen Kopf, sein Haar war rings um den Schädel mit einem Reißverschluß befestigt. Er sei nicht sicher; das Gesicht des Mädchens verschloß sich.
Ein Zug fuhr ein, und ich erkannte plötzlich die Kabine mit dem Schaffner in der Mitte des Zuges wieder, wie sie mir kürzlich erst gezeigt worden war, ging auf ihn zu: Brooklyn Bridge? Take this train!
Ich stieg ein, es waren nicht mehr so viele Leute da, die Menge hatte sich zerstreut, ohne daß ich es bemerkt hatte. Ich setzte mich, der Mantel war so dick, daß ich zwei Plätze einnahm.
Get out here, Miss, and take the 6!
Ich war gemeint!
Ich beeilte mich, den Bahnsteig nach vorwärts und rückwärts abzusuchen, schwenkte meine Arme systematisch auf die Richtungsschilder, um nicht die Orientierung zu verlieren. Links ein Ausgangsschild, die mit Durchgangssperren bewehrten Zahlboxen und

dahinter eine schwere, müde Ticketverkäuferin hinter Glas.
»Brooklyn Bridge?« rief ich schon von weitem und wiederholte es.
Sie reagierte nicht.
Es waren noch ein paar Leute vorn an der Bahnsteigkante, kein Mensch auf den Gängen, die alle auf ihre Kabine zu führten. Träge hob sie die Augenlider und maß mich mit einem Blick, der mich lähmte. Die Uhr hinter ihr ruckte, es war 17 Minuten vor Mitternacht. Sie ließ gelangweilt ihre Lider wieder sinken und bewegte im letzten Moment die großen Augäpfel nach links. Ich machte kehrt, riß den Mantel auf, durchwühlte die Kleider darunter nach einem Geldstück, um zurück durch die Sperre zu gelangen, rannte nach links. Da stand überall uptown, was heißt hinauf, ich aber wollte hinab zur Brücke, downtown.
Ich stürzte zurück und hämmerte mit der Faust gegen die Glaskabine. Die Frau wendete gleichgültig ihren Kopf. Sie sah knapp an mir vorbei, und ich hämmerte und rief, links sei uptown!
Sie deutete ein Nicken an: Sag ich doch.
Ich wühlte von neuem nach Geld, brach durch die Sperre, auf einen Polizisten zu, der dort stand, wo sich jetzt wieder mehr Leute eingefunden hatten. Der Polizist stand hochaufgerüstet und reglos vor mir und ließ seine Augen in Richtung uptown rucken. This train, next station!
Zitternd, mit aufgerissenem Mantel, der mich noch mehr vergrößerte, wartete ich, an die Haltestange geklammert. Ich schloß die Augen, um nicht auf irgend-

eine Uhr zu sehen. Sobald ich sie schloß, verging im Dunkeln laut und unsichtbar die Zeit.
Dann rannte ich aus dem Zug, die Treppen hoch auf die nächsthöhere Ebene, erblickte den Ausgang und rannte darauf zu, gegen die beidseitig arretierten Sperren, rannte zum Seitenausgang, die Drehtüren waren mit Greifzähnen verriegelt, prallte gegen die mit Ketten verschlossene Drehvorrichtung. Kein Mensch ringsum. An allen Ausgängen gegenüber konnte ich schon von weitem die Sperren erkennen. Ich rannte zum mittleren Aufgang: auf einem großen Schild über mir fünfmal das Wort EXIT, für alle Linien ein EXIT, aber ich konnte bis zum nächsten Ausgang sehen, ich erkannte das große Gitter davor, von einer Wand zur anderen Verriegelungen. Ich stürzte die Treppen zurück zum unteren Tunnel. Er lag schwarz, eisern, ausgestorben da.
Nicht hier! schrie ich.
Nicht hier unten!
Ein Zug fuhr im unteren Tunnel ein, kam zum Stehen und öffnete alle Türen gleichzeitig. Das Fahrpersonal verließ die Wagen, schritt auf eine Bank zu, fast feierlich, setzte sich nieder, und auch die weit geöffneten Türen der leeren erleuchteten Bahn wirkten feierlich still. Die drei Männer in Bahnuniform saßen auf der Bank und sprachen kein Wort.
Mein Herz tat ein Satz. Ich hatte verloren.
Ich sah meine neuen Freunde irgendwo weit oben rennen, durch ein Lichtermeer, unter einem Sternenregen, mit sieghaft hochgeworfenen Armen in das neue Jahrtausend hinein und immer von mir weg.

Ein Schwarm Leute kam die Treppe herauf, die letzten aus dem letzten Zug. Die letzten, die sich in den unterirdischen Gängen befanden, waren im Begriff, sie zu verlassen.

Blindlings lief ich auf sie zu.

Where is the exit?

Weil mir keiner antwortete, rannte ich einzelnen entgegen: The Exit! Exit! Exit!

Sie verzogen die Gesichter zu verständnislosen Grimassen oder gar nicht, als hätte ich chinesisch gesprochen. Sie starrten mich an, während ich im Rückwärtsgehen vor ihnen wieder und wieder das Wort rief, das in allen Sprachen verständliche Wort, und sie schaute mich in ihrem zügigen rhythmischen Gehen verständnislos an, einige wiederholten das Wort grimassierend. Wie ein noch nie vernommenes Wort nahmen sie es von meinem Mund ab und formten es mit ihren Lippen nach. Ich war längst in Tränen ausgebrochen.

Eine dicke, dunkelhäutige Frau am Ende des Schwarms sah mir ruhig entgegen, und ohne die Stimme zu heben, ohne ihren schweren von ihrem Gewicht federnden Schritt, mit dem sie von ihrem Job nach Hause ging, im geringsten zu unterbrechen, bedeutete sie mir: Komm mit!

Zweimal sagte sie es, ich irrte noch zwischen den Leuten herum, und sie bedeutete es von ferne: Komm mit!

Ich drehte mich um und ging mit, gefesselt, gebannt vom stoischen Schritt des lose auseinandergezogenen Trupps der Nachtarbeiter von New York. Irgendwo im Dunkeln unter und über mir ging die Zeit hin, so

gleichgültig wie die Leute neben mir. Und ich war der einzige Mensch auf der ganzen Welt, der das nicht hinnehmen konnte.
Auf einmal hörte ich hoch über mir Stimmen, ich riß mich los, keuchte die schier endlosen steilen Treppen aus dem Schacht herauf, mein Kopf, heiß und naß, sank kraftlos hintenüber: Weit oben über mir die Nacht mit den funkelnden Kronen der begehrtesten Stadt der Welt!
Komm, komm, komm! flehte ich, und dann sah ich, zart wie ein Traumgespinst, einen glitzernden Bogen im Dunkeln hängen, singend wie ein fernes Nachtlied, so schwebte das Seil der Brooklyn Bridge tief am Himmel, drei Meilen oder drei Schritte entfernt, so unwirklich hing dieses Lichtseil vor mir und zwischen den Häusern und Pfeilern, als plötzlich der Platz voller Leute war, die zu rennen begannen, und ich rannte mit, unter mir Holz, Bohlenbretter, Brückenbretter! Vor mir, neben mir, hinter mir rannten die Leute, die Seile der Brücke hingen auf einmal vor uns wie ein riesiger geöffneter Vorhang, theatralisch, triumphierend, lachend. Im nächsten Moment hörten wir draußen auf dem Meer die ersten Feuerwerksraketen hochschießen, stürzten uns ins Ziel und sahen die Sternensträuße über dem Wasser explodieren vor der Kulisse von Lower Manhattan.

Irgendwann heute morgen im Dunkeln bin ich heimgelaufen. Mein Gesicht glühte noch immer; eiskalte Luft flatterte kreuz und quer durch das Straßennetz.
New York war klein, vertraut, ziemlich schäbig, vom

Größenwahn erschöpft und sehr tröstlich. Es hatte sich für ein paar Stunden völlig verausgabt.
Ich ging durch die Nacht, ich wollte ewig gehen, solange die Straßen nicht endeten. Meine Finger schleiften am Stein neben mir entlang, ich ließ sie schleifen wie früher als Kind auf dem Nachhauseweg an den harten Buchsbaumhecken, abwesend und hellwach zugleich und mit allen Gedanken das Ungreifbare umfangend: Zukunft.